For my daughter, Mina

ABOUT THE AUTHOR

Katrina Liu is an American-Born-Chinese mom living in San Francisco, California. A non-native Chinese speaker with limited language skills, she was inspired to give her daughter the opportunity to become bilingual. She searched for well-illustrated dual-language children's books with Pinyin and English, but was surprised at how little she could find. Fluency in a language is most easily gained if a child is exposed to it within the first few years of life. She created this book for like-minded parents interested in fostering the development of dual-language with their children. This is her debut children's book.

How you can support Liu's mission
If you have a minute and enjoyed this book, please consider giving it a positive review!

 For a FREE audio reading of this book visit:
www.minalearnschinese.com

Follow us

Minalearnschinese

Also available in Simplified Chinese!
ISBN: 978-0-9996633-5-6
ISBN ebook: 978-0-9996633-9-4

mā mā: mǐ nà, jīn tiān shì nǐ dì yī tiān shàng xué, zhǔn bèi hǎo le ma?

媽媽: 米娜, 今天是你第一天上學, 準備好了嗎?

Mommy: Mina, today is your first day of school. Are you ready?

mǐ nà: zhǔn bèi hǎo le!

米娜:準備好了!

Mina: Yes, ready!

bà bà: Wǒ ài nǐ jīn tiān nǐ huì yǒng gǎn ma?

爸爸: 我愛你! 今天你會勇敢嗎?

Daddy: I love you! Will you be brave today?

mǐ nà: wǒ huì!

米娜: 我會!

Mina: Yes, I will!

mǐ nà: nǐ shì bù shì wǒ de lǎo shī?

米娜: 你是不是我的老師?

Mina: Are you my teacher?

lǎo shī: wǒ shì.

老師: 我是。

Teacher: Yes, I am.

mǐ nà: lǎo shī hǎo! wǒ shì mǐ nà!

米娜: 老師好! 我是米娜!

Mina: Hi Teacher! I'm Mina.

lǎo shī: nǐ jǐn zhāng ma?

老師: 你緊張嗎?

Teacher: Are you nervous?

mǐ nà: wǒ bù jǐn zhāng!

米娜: 我不緊張!

Mina: No, I'm not nervous!

xióng māo: nǐ hǎo! wǒ shì xióng māo. nǐ shì xīn tóng xué ma?

熊貓: 你好! 我是熊貓。 你是新同學嗎?

Panda: Hi! I'm Panda. Are you a new student?

mǐ nà: shì! wǒ jiào mǐ nà!

米娜: 是! 我叫米娜 。

Mina: Yes, I am! I'm Mina.

mǐ nà: xióng māo, wǒ men zuò péng yǒu hǎo ma?

米娜: 熊貓, 我們做朋友好嗎?

Mina: Panda, let's be friends, okay?

xióng māo: hǎo!

熊貓: 好!

Panda: Okay!

dà xiàng: nǐ hǎo! wǒ shì dà xiàng.

大象：你好！我是大象。

Elephant: Hi! I'm Elephant.

mǐ nà: nǐ hǎo! wǒ shì mǐ nà! nǐ zài wán qì chē ma?

米娜：你好！我是米娜！你在玩汽車嗎？

Mina: Hi! I'm Mina. Are you playing with cars?

dà xiàng: duì!

大象：對！

Elephant: Yes, that's right!

dà xiàng: nǐ yào zhè ge qì chē ma?

大象：你要這個汽車嗎？

Elephant: Do you want this car?

mǐ nà: bù yào. xiè xiè!

米娜：不要。謝謝！

Mina: No, I don't want it. Thank you!

mǐ nà: nǐ kě yǐ péi wǒ yī qǐ zài wài miàn wán ma?

米娜：你可以陪我一起在外面玩嗎？

Mina: Will you play outside with me?

dà xiàng: hǎo!

大象：好！

Elephant: Yes!

mǐ nà: nǐ xū yào chuān xié ma?

米娜：你需要穿鞋嗎？

Mina: Do you need to put on shoes?

dà xiàng: bù xū yào. wǒ men zǒu ba!

大象：不需要。我們走吧！

Elephant: No, I don't need to. Let's go!

dà xiàng: wa! zhè shì chéng bǎo duì bù duì?

大象：哇！這是城堡對不對？

Elephant: Wow! It's a castle, right?

mǐ nà: bù duì. shì dàn gāo!

米娜：不對。是蛋糕！

Mina: No, you're wrong. It's a cake!

lǎo shī: mǐ nà, nǐ yǒu méi yǒu xǐ shǒu?

老師：米娜，你有沒有洗手？

Teacher: Mina, did you wash your hands?

mǐ nà: yǒu.

米娜：有。

Mina: Yes, I did.

lǎo shī: shuǐ tàng bù tàng?

老師：水燙不燙？

Teacher: Is the water hot?

mǐ nà: bù tàng.

米娜：不燙。

Mina: No, it's not hot.

xiǎo māo: nǐ hǎo! wǒ shì xiǎo māo!

小貓: 你好! 我是小貓!

Kitty: Hi! I'm Kitty!

mǐ nà: nǐ hǎo! wǒ shì mǐ nà!

米娜: 你好! 我是米娜!

Mina: Hi! I'm Mina!

mǐ nà: wǒ kě yǐ hé nǐ yī qǐ chī wǔ cān ma?

米娜: 我可以和你一起吃午餐嗎?

Mina: Can I eat lunch with you?

xiǎo māo: dāng rán kě yǐ!

小貓: 當然可以!

Kitty: Of course you can!

lǎo shī: nǐ yào chī nà gè píng guǒ ma?

老師：你要吃那個蘋果嗎？

Teacher: Do you want to eat that apple?

mǐ nà: bù yào, wǒ bǎo le.

米娜：不要，我飽了。

Mina: No, I don't want to. I'm full.

mǐ nà: wǒ xiǎng qù wán. xíng bù xíng?

米娜：我想去玩。行不行？

Mina: I'd like to go play. May I?

lǎo shī: xíng!

老師：行！

Teacher: Yes, you may!

lǎo shī: nǐ xiǎng bù xiǎng shuì wǔ jiào?

老師：你想不想睡午覺？

Teacher: Would you like to take a nap?

mǐ nà: wǒ kùn le, wǒ xiǎng shuì jiào.

米娜：我困了，我想睡覺。

Mina: Yes, I'm tired. I'd like to sleep.

lǎo shī: nǐ lěng ma?

老師：你冷嗎？

Teacher: Are you cold?

mǐ nà: wǒ bù lěng. xiè xiè!

米娜：我不冷。謝謝！

Mina: No, I'm not cold. Thank you!

lǎo shī: xiàn zài shì gù shì shí jiān.

老師: 現在是故事時間。

Teacher: It's storytime!

lǎo shī: nǐ men xǐ huān zhè běn guān yú xióng de shū ma?

老師: 你們 喜歡這本 關於熊的書嗎?

Teacher: Do you like this book about bears?

xiǎo péng yǒu: xǐ huān!

小朋友: 喜歡!

Kids: Yes, we like it!

lǎo shī: zhè shì yī zhǐ xióng. tā néng fēi ma?

老師: 這是一隻熊 。 他能飛嗎?

Teacher: This is a bear. Can he fly?

mā mā: nǐ jīn tiān wán dé kāi xīn ma?

媽媽: 你今天玩得開心嗎?

Mommy: Did you have a fun time today?

mǐ nà: hěn kāixīn!

米娜: 很開心!

Mina: Yes, very fun!

mǐ nà: wǒ míng tiān hái kě yǐ zài lái ma?

米娜: 我明天還可以再來嗎?

Mina: Can I come back tomorrow?

mā mā: kě yǐ!

媽媽: 可以!

Mommy: Yes, you can!

CPSIA information can be obtained
at www.ICGtesting.com
Printed in the USA
LVHW070101080920
665299LV00034B/652

9 780999 663356